시

삼인 시집선 02
시

2016년 5월 15일 초판 1쇄 펴냄

펴낸곳 (주) 도서출판 **삼인**

지은이 조인선
펴낸이 신길순
부사장 홍승권
편집 김종진 김하얀
총무 함윤경

간행위원 황현산 김혜순 김정환

표지 본문 디자인 끄레 어소시에이츠

등록 1996. 9. 16. 제10-1338호
주소 120-828 서울시 서대문구 연희동 220-55 북산빌딩 1층
(서울시 서대문구 성산로 312)

전화 02) 322-1845
팩스 02) 322-1846
전자우편 saminbooks@naver.com

ISBN 978-89-6436-115-3 03810

값 8,000원

조인선

삼인 시집선 02

시

삼인

시인의 말

갓 태어난 송아지가 필사적으로 어미 젖을 찾고 있다.
살아온 날이 꿈만 같다.

차례

1부

시인

권력은 언어에서 나온다는데
언어에도 계급이 있다는데
한마디 말이 천리를 갈 줄 알아
그 말 타고 사람들이 천지를 떠돌지만
돌아와 주절주절 내뱉는 말이 시발이란다
시에도 발이 있다면
저절로 달아나는 말이 될 텐데
거지 같은 내 말은 먹을 게 없다
유곽 같은 집이면 어떤가
오늘 같은 밤이면 겁도 없이
제멋대로 가자는 대로 내버려둔다
계곡을 지나 광야를 지나 바다에 이르러
마침내 해 뜰 때까지
비루먹은 내 말이 퀭한 눈으로
토씨 하나 제자리 찾을 때까지

돈을 보다

지폐 속에는 얼굴이 숨어 있다
빛을 통과한 자만이 볼 수 있는 그림자의 힘이다
기계가 인식하는 홀로그램의 양에 따라 액수도 다르지만
쾌락을 맛본 자만이 느낄 수 있는 손끝의 감각도 다르다
그러고 보니 세상에 똑같은 돈 없듯
어둠에서 설핏 본 얼굴만 얼굴인 줄 알았다
지폐 속에 그려진 무릉도원과 매화마저
돈이 추구하는 이상향인 줄 몰랐다
티끌 같은 한 점이 모여 눈동자가 되고 입술이 되니
그것이 모여 역사를 이루는 사막 그 자체인줄 몰랐다
태초에도 언어가 있었을까
시간의 힘은 어디서 오기에 여기까지 왔을까
모든 혁명은 실패하고
꿈은 어디로 가시려는지
한참을 들여다보는데
여백을 가득 채운 희미한 사랑을 끝내 나는 읽지 못한다
천지를 가득 메운 언어의 피를 듣지 못한다
손끝에 묻어나는 신음 한 조각만이
온전히 보이고 들릴 뿐
두 손 감싸 쥔

새벽이 보여주는 무표정한 윤곽에
형체를 확인하느라 애쓸 뿐이었다

시

그대 눈동자에 구리 나팔이 들어 있다
누구의 잘못도 아니다
어린 여자가 가르쳐 준 하비오란 말이 아름다웠다
살아있는 게 기적인지
돌아선 모습에 그림자 한 줄 새겨져 있다

매혹

기차 타고 오는 자유에서
개 한 마리 잡았다
빛 하나 가늘게 떨고 총성이 울렸다
미소 짓는 나를 기차가 지나갔다
사방에 흩어진 살점들을 보려고
나를 닮은 개들이 사방에서 몰려들었다

꿈이 새와 같다면 언어는 허공을 향한다
어둠에서 건져 올린 개의 날갯짓이 시라면
컹컹 우는 기차는 내 욕망인데
오색 빛깔 풍선들이 하늘 가득 날아오른다

바퀴에 걸린 레일이 휘어져 있다
내 감각에도 봄이 왔다

투표소에서

기표용지에도 지문이 남는다는데
이 예쁜 종이 접어 강물에 띄우고 싶다
꽃잎 하나 붙여 나무에 매달고 싶다
피 한 방울 떨구어 내 책 속에 넣어두고 싶다
망상이 간절한 희망이 되면 그게 꿈일까
한두 번도 아닌데 허공을 가르는 새 떼가 낯설다
하늘이 없다면 꿈도 없겠지
내 몸이 곧 폐허라고
바람과 욕망으로 이루어진 이 가벼운 신기루에
사랑 하나 새긴다면 누가 믿을까
어차피 생이 다하도록 의미 찾아 헤매겠지
그래도 여기까지 온 것이 어디냐 싶어
내 뜻이 하늘이라 역사라
땅을 박차고 솟아오른 새처럼 자유로운데
좌우를 둘러봐도 뒤를 돌아봐도
날개가 없다
언젠가 차와 부딪칠 뻔한 새 한 마리 끝내 확인하던
일곱 살 딸아이 둥근 미소만이 오롯이 떠 있을 뿐

풀

이슬이 오고
메뚜기가 앉아 있고
개구리가 뱀이 아이들이 나왔다
내가 보이고 성난 아버지와 무덤 속 조상들이 보였다
그렇게 막막한 세월이 선명해지자
풀을 베어 소에게 먹였다
그리고 때가 되어
도축장으로 향하는 소의 눈망울에
이슬이 맺혔다
기다란 울음이었다

3년

개장을 열어 놓았더니 나올 줄을 모른다
빗자루 들고 쫓아내려 해도 소용없다
가벼운 일상이 무거운 생이 되는 것은 시간문제지만
야성이 주인 손에 길들여지는 순간부터 자유가 없다
그 모습이 나 같아 해방시키고 싶었지만
어머니 화를 내며 말리신다
들개 된다고 사람 깨문다고 짐승은 짐승이라고 주인도 없이
떠돈다고
햇살 좋은 날
밥 그릇 앞에 놓고
개는 편안하게 누워 있었다

뿌리에게

속이 꽉 찬 배추는 문자를 닮았다
튼실한 놈일수록 속이 익었다
언어를 향한 바람의 깊이마저 다른지
칼로 쳐봐야 피 한 방울 없지만
배추 몸통 하나의 무게가 온전히 시 한 편이다
뿌리가 보잘것없다고 탓하지 말라
그것이 자연이라면
농부의 마음이라면
도박 아닌 인생 없고 팔자 아닌 운명 없다
무 하나 감자 한 알 게으른 놈 공짜 없듯이
소 묻고 일 년을 놀았더니
권태의 뿌리가 내 몸 한구석에서 꿈틀거리며 기어 나온다
농사도 투기가 된 지 오래인데
망할 놈의 세상 돈이 되는 건 똥이 되지 않는다
어둠과 빛이 한 몸이라면 그 몸을 둘로 쪼개는 문자와 말씀은
농부의 피를 빠는 기생충에 불과하다고 누군가 말했지만
화장실에서 내 거시기를 들여다보다가
슬픔과 환희가 거기 있는 듯 망설임도 없이 노래가 흘러
떡잎은 먹을 게 없다던 어머니 말씀 되새기며
지우고 새로 쓰는 집 짓는 놀이에 흠뻑 빠졌더니

그도 저도 아닌 것 같아 올려다보니
이 드넓은 허공에 떠 있는 별들은 또 얼마나 쓸쓸할 것인가

새를 닮은 나라

사람들은 저마다 새 하나 품고 산다
말 한마디에 날개가 있어 그것이 모여 새 떼가 된다
허공을 닮은 그 언어는 바람을 먹고 살지만
쓸쓸한 그 나라에는 어떠한 의사표시도 소용없어
살아남은 자가 강한 자로 불린다
그들을 잡는 그물은 투명하고 무모한 사랑은 조롱받으나
그래도 침묵이 고여 가끔은 노래도 흐른다
허망한 그곳에는 연애도 계급이 있어
햇빛마저 찢어진 풍선처럼 권태롭다
가끔은 새 됐다는 말
망했다는 그 말에 미소 질 줄도 알아
젊은이들은 이중국적 갖기를 원했다
오늘 뉴스 단골메뉴는 정신을 갉아먹는 벌레의 표정과 바람
의 동정
뒤집으려는 마음 없진 않지만
꿈조차 감시당하는 세상이 어디 그리 쉬운가
모든 혁명은 언어의 개혁이라 누군가 말했기에
새 대가리 나는 아침부터 머리 긁는다
비듬 같은 싸락눈이 검은 외투에 쌓이는 날
훌훌 털어내고 길을 나서니

거대한 바람이 몰려오려나
어디선가 아이들 웃음소리 들린다
오늘 같은 날 이 나라에선
전쟁이 날 거라는 신문이 포르노 소설보다 잘 팔린다

시

저 달을 보면
세상이 거대한 호리병 같다

환한 그 빛에
몸을 떨며 날아오르는
사랑이 있다

반역

수녀는 일어서고
고해성사는 완성되었다
죄송하다 했더니 무어라 했다
듣는 이는 하나였는데
마중은 둘이 해주었다
수사는 종 치러 가고
고양이와 꽃이 서로를 바라보았다
침묵에 익숙한 발걸음이 가벼워졌다
집에 더 이상 수녀와 신부가 오지 않았다
외로운 십자가는 그냥 두었지만
사과 한 알 발갛게 익어가는 가을이었다

텅 빈 하늘

구두 신은 여자의 다리 사이로 하늘이 보인다
청개구리의 신음이 항아리에 쌓이고
검은 고양이는 달력을 할퀴며 시간을 노래한다
삶은 누구에게나 걸인의 눈빛으로 걸려 있기에
거리의 불빛에도 거울은 쉴 새 없이 금이 간다
하늘은 항아리에서 익고 시간은 언제나 빛으로 태어난다
나는 우상을 하나씩 걷어내 맨발로 버스를 탄다
정치는 구멍 난 우산에 불과하지만 예술은 찌그러진 깡통일
뿐
만남은 언제나 썩어가는 시체 곁에서 이루어진다
충분히 잠을 자고 깨어난 뱀은 여자에게로 간다
청개구리와 고양이는 그제야 하늘을 보고
내가 꿈꾸는 산허리에 기차가 돌아
어느덧 세계는 시 하나에 또 다른 바다가 열린다
거울이 가루가 되어도 다시는 찾을 수 없는 그대 모습
공장 굴뚝에 매달린 사내의 눈빛에 구름이 걸려 있다
식민지의 백성이 신문을 덮고 편히 잠자는 시간이면
고독한 사내의 음성에는 푸른 깃발이 휘몰아친다

단풍

말 한마디에
목숨이 달렸다고
흔들리는데
내 안에 주저앉은 말들이
시체가 되어 널 부르고 있는데

그날 이후

선거가 끝나자 사람들이 죽어갔다 그래도
나는 크리스마스트리를 만들었고 아내와 아이들은 거기에다
웃으며 방울들을 달았다
드라마 속 사랑은 여전히 돈지랄이었고 걸그룹의 자태는 아
슬아슬하게 매혹적이었다
뉴스는 사람들이 몰라도 될 것들만 보여주었고
오늘의 날씨는 어제보다 몸매가 육감적이었다
내가 지지한 대선후보는 생각난 듯이 죽은 자에게 엎드렸고
종말론은 인기 있었지만 아무도 믿지 않았기에 충분히 절망
적이었다

나는 아무렇지 않게
프라이팬에 계란을 깬다
자세히 보니 핏줄이 보인다
날개가
하늘이 보인다
못다 한 꿈이 보인다
나는 조금은 아무렇지 않게
내 손바닥처럼 뒤집는다
자세히 보니 얼굴이 보인다

주름이 보이고
성난 분노도 보인다
옹알거리는 태아 적 고단한 생도 보인다
나는 간신히 접시에 담는다
그렇게 한 입 베어 먹듯 시를 적으니
생각하며 산다는 거
싸운다는 거 그게 무섭다
손끝이 두렵다

모든 생명이 오고가는 부엌에서 한참을 서성이다가
내가 끌고 가는 나의 역사에도 찬란한 빛이 있어
계란 프라이 하나만도 못한 내 시를 자세히 들여다보는데
그래도 그 빛에 설익은 것 같아 나오는 건
노른자의 흔적처럼 한 방울이었다
못다 한 신음 한 조각이었다

2부

묵화

죽산 칠장사
법당은 닫혀 있고
감나무마다 얼어붙은 수많은 감들 너머
새들이 옹기종기 모여 있었다
검은 개 한 마리 밥그릇 앞에 놓고
웅크리고 있었다

홀린 사람

어둠은 문이다
몸의 언어가 빗장을 풀어준다
촛불을 켜고 침묵으로 노래하면
문자들은 스스로 춤을 춘다

나는 시다운 시를 쓰면 그 짓이 하고 싶다
생을 탕진하는 건 시인의 몫이지만
몸 파는 여자의 교성과 교태는 시의 동력이다
그곳에는 장송곡마저 무화시키는 텅 빔이 있다

문밖은 빛이다
그곳의 언어는 굳어 있지만
한 치의 움직임도 없지만
생은 거기에도 있다

내 몸에 불씨 하나 떠돌고 있다

녹는 물고기[*]
— 앙드레 브르통에게

수음하는 남자의 손이 옷걸이에 걸려 있다

거울 속 책장에는 피 묻은 해골이 빼곡히 쌓여 있고

선풍기가 구석에 둥지를 틀어 알을 낳았다

빛은 사방에서 오는데 주인은 쉴 곳이 없어 참혹하게 웃고 있다

벌거벗은 여자가 길게 누운 소파가 절벽 쪽으로 기울어져 웃음소리에 타들어간다

오월이었던가 물고기 비늘이 눈처럼 날리던

잘려 있던 남자의 손이 구두 속으로 급하게 걸어갔다

[*] 앙드레 브르통의 산문시

이슬

소 밥을 주다 생쥐를 잡았다
발로 짓이겼다
작고 어린 목숨이었다
돈 몇 푼에 여자를 사면서도 그랬다
나는 생활이 수상하다
누군가 보고 있다
다 알고 있다
바람이 서늘했고 벌레 소리 요란했다

구제역

소들이 죽어갈 때 나는 머리 굴리고 있었다
보상금청구서에 도장을 찍고 담배 피우려 나오는데
포클레인에 걸린 암소 두 마리 구덩이로 향한다
그렇게 땅이 메워지고 모든 게 끝났지만
언어는 왜 그리 매혹적인지
빈 축사에 들어서면
텅 빈 말씀이 가득했다
그곳엔 어떤 깨달음도 후회도 없었다
그게 이상하고 하도 속상해 잠도 오지 않았지만
마음도 풀 겸 그 짓 하고 나서
지갑 속에 돈을 두 번이나 확인하는데
악착같이
비우고 채우는 게 내 욕망인 것만 같아
괜히 웃음만 나왔다

풍경

얼음 새가 날개를 펴 시간을 감싼다
눈알이 깨지고 부리가 흔들리는데 금 간 거울 속이다
한 방울의 언어가 혀를 녹인다

노란 자전거가 풍선을 타고 날아 오른다
사진사들은 재봉틀을 날리며 배드민턴을 하고
배고픈 나무들은 팬티를 벗고 운동회를 한다
바위가 턱을 괴고 구석에서 졸고 있다

붉은 쥐들이 인간 탑 쌓기 놀이를 한다
추락하는 두꺼비 허리에 누군가 리본을 달았다
검은 거미가 집을 짓는 시간 벌거벗은 여자가 달려들었다
강변에는 어린 시체들이 줄넘기 놀이를 하며 하얀 공기알을
돌리고 있다
꿈꾸는 감옥은 밤이 즐겁다

광장이 얼굴을 비친다
갈라진 여름 밤
권태가 없다면
오르가즘이 없다면

완벽한 세계와의 감응이다

혀

혀에 담긴 의식이 눈꺼풀을 들어 올린다

말랑말랑한 의식의 힘이 혀를 움직이지만 단단한 이빨 속으로 숨을 줄도 안다

울음이 낳은 침묵이 부드러운 혀를 낳고 빛을 갈라놓을 줄도 알기에 어둠의 깊이도 스스로 몸으로 받아들인다

갈라진 시간 사이로 혀를 내밀면 침묵이 알을 낳아 허공을 채운다

진정한 의식은 참회를 모른다

용서는 생존을 추구하고 비밀은 생을 지향하기에 밤의 얼굴은 이슬을 닮았다

벌거벗은 여인들이 뒤엉킨 밝은 침실에서 사내들은 수음을 하며 혀의 동화를 듣고

혀는 마음에도 있어 갈라진 혓바닥에 뿌리내린 권태가 음모처럼 빛난다

아이들은 무럭무럭 혀를 키워 서로의 얼굴을 핥고

노인들은 무덤을 파며 혀가 누울 자리에 피곤해 한다

세상의 모든 혀는 강물 따라 오지만 때론 지하로 숨을 줄도 알아

언어의 깊이를 도무지 알 수가 없다

당신이 내민 혀의 길이와 넓이는 당신이 살아갈 지도에 불과

하지만

때론 불타는 언어도 뿜을 줄 알기에 시간의 권태를 태울 수
있다

나는 혀를 말듯 시간을 말고 혀를 내밀듯 연기를 피워 올리지
만

내가 부른 아름다운 노래가 있어 허공을 채우면

벌거벗은 여인들이 치부를 감싸고 어디론가 달려가고

세상의 모든 사내들은 그 여인들을 찾아 산을 헤매고 바다를
채울 것이다

혀에 담긴 의식이 길을 떠나는 밤이 오면

내 분열된 정신에 깨어난 혀가 붉게 타오른다

시

그 짓 할 때 거울 보면 웃음이 난다

새장에 던져진 엽서처럼
바싹 마른 물고기
가슴에 품고
상복 입은 여인들이 줄지어 간다

아침 무렵

까치 한 마리 크게 부딪쳤다
소들이 모여 유심히 바라본다
장화 신고 들어가 풀숲에 내던지니
그제야 지켜보던 까치들이 떼 지어 날아간다
멀리 가지 않았다

청춘

책 살 돈으로 그 짓을 하고
자유와 해방을 외쳤다
간신히 졸업하고 폐인이 됐다
시를 쓰고 또 썼다
소도 키웠다
마흔이 가까워
아내를 만나기 전 배운 베트남 첫 말은
안녕이었다

대설

不立文字라더니 결국 따뜻한 말 한마디다
言語無爲라더니 그조차 부질없다
솔가지 툭 부러지고 세상이 온통 하얗다
바람은 내 안에서 오는데
목숨 걸고 싸울 상대가 나였다니
뭐 그리 신났는지 그침이 없다

길을 묻다 1

먹고 사는 게 만만치 않다
조련사가 손에 먹이를 들고 베트남 말로 명령하자
돌고래 두 마리 고개 들어 크게 소리쳤다
온몸에서 울리는 그 소리는 지상에서 가장 아름다웠다

희망은 언제나 높은 곳에 있는지
한 여자가 조선소 크레인 위에서 기적처럼 살아 내려왔다
꽃다발 목에 걸고 투쟁이라 외쳤다
환하게 울리는 그 소리는 지상에서 가장 용감한 목소리였다

해변으로 들어서는데
오토바이 탄 사내가 니하오라며
손가락 사이로 엄지손가락을 내민다
아내가 언젠가 나에게 보였던
허공을 꽉 채운 그 손짓은 불꽃처럼 강렬했지만
끝내 시가 되지 못했다

목소리는 자고 나면 의심스럽고
몸짓은 순간적으로 당혹스럽다
마흔 넘어 깨달은 것이 고작해야 변할 게 없는 나라지만

밥 먹고 할 일도 없어 뒷산을 오르다 간신히
바라보던 무덤 하나
텅 빈 몸 스스로 푸르른 생이 되니 그 모습 어찌나 경이롭던
지

길을 묻다 2

비가 내리며 길은 투명하게 얼어붙었다
어린 목숨이 흘린 피 한 점 위로
차들은 반성하듯 움직였고
곳곳에서 사이렌 소리 울렸다
해 뜨자 그제야
나는 모든 길이 길이 아니었음을 어렴풋이 느꼈다

축문에 토를 달고 무릎 꿇고 외치니
산 자가 죽은 자에게 바치는 제가 완성된다
하얀 종이 위에 검은 글자들이 의미도 모른 채 전달되니
무덤에서 보내는 위로가 들려온다
그렇게 산을 내려오면서
나는 모든 문자가 문자가 아니었음을 새삼스럽게 떠올린다

우상은 견고하고 이성은 자유롭다
바람이 없다면 생도 없다
누구를 지지하세요
내 어리석은 질문에 나의 침묵은 스스로 벽이 된다
갈라진 벽 사이로 바람이 분다

잠 못 이루던 날들이 화면 속으로 빨려 들어간다
숫자로 표현되는 절망과 희망 사이에도 꿈은 자유로운지
한숨 끝에 미소 하나 지으니 시에 대한 갈증에 목이 마르다
투표용지에 새겨졌던 내 마음 하나 끄집어내
필사적으로 길을 내고 소리를 새겨보는데
창으로 비치는 햇살 하나
아이들 웃음소리에 묻어 있었다
거대한 바람 웅크려 있었다

3부

뱀과 거울

뱀이 알을 낳으면 거울은 깨지기 마련이다

하늘도 두렵지 않아 여인의 치마를 들추고

아이들의 장난에도 목숨 걸고 싸우지 않는다

뱀은 모든 사내를 닮고 사내들은 오늘도 전쟁에 나서지만

평화는 동화 속에 있고 슬픔은 언제나 침묵 속에 찾아온다

간밤의 꿈이 부서지고 남은 자리에 보이는 뱀의 얼굴은

병에 담긴 독 같은 알코올을 부르지만 기적 같은 오르가즘이 다시 찾아오려면 시간의 권태를 참아야 하기에 여인들의 구두는 망치를 닮아간다

벌거벗은 여인들이 집을 지키고 아이들이 구걸에 나서는 오후가 되면 나무들은 잠에서 깨어 지난 약속을 떠올리며 바람을 그리워하지만

뱀은 미소 지으며 비를 부르고 구멍 난 우산을 부르고 허물을 벗어 간신히 배 위에 띄운다

그러면 슬픔은 본드처럼 굳어져 금간 거울에서

사내들의 피 묻은 얼굴이 스쳐 지나가고 여인들은 수음을 하던 손가락에 매니큐어를 바른다

나무와 아이들은 가벼운 장난을 한다

뱀이 없다면 허공도 없을 것이다

거울이 없다면 갈라진 뱀의 혓바닥도 없을 것이다

언어마저 없을 것이다

허공에 걸린 거울에 뱀 한 마리 들어가 웅크린 채 잠들어 있
다

의미 하나 그 속에 있다

철학

차를 몰고 가는데 이제 열한 살 된 딸아이가 물었습니다

아빠, 돈이 중요해? 동물이 중요해?

둘 다 중요하지

아빠, 사람이 없으면 돈도 필요없잖아

......

바람이 불고 그렇게 새 하나 훨훨 날았습니다

행복

대전에 사는 아무개는 자타가 공인하는 폐인이다
내 시를 들어주는 유일한 친구이다
시집 내고 받은 인세 중 큰 맘 먹고
오입하라고 십오만 원 부쳤더니
고맙다는 말을 세 번이나 했다
세상에 너밖에 없다고 했다
로또 맞으면 삼십만 원이나 준다고 했다

시

광기와 열정이 녹아 있는 물고기의 등에도
시퍼런 바람 하나 새겨져 있다
급하게 손 내미니
오랜 유적처럼 붉은 미소가
침묵 속에 떠오른다

시장 놀이

장난감과 동화책을 가져온 다섯 살 딸아이가 자랑한다
제 것으로 남의 물건을 가져온 게 신기한 모양이다
그 모습이 천진난만해 같이 웃는다
모든 생은 주고받고 살아가는데 돌아보니
지나온 흔적마다 허물뿐이다
돈 없으면 못 사는 세상
돈이 언어였는지
깡통에 동전을 넣으면 고개 끄덕이던
걸인의 귀가 시를 닮았다

놀이터 옆 교회

설교를 듣다 나오는데
어떤 아줌마가 미안하다며 빵과 우유를 내밀었다
어린 자식들은 침묵했고
나는 괜찮다 했다
두 손 꼭 쥐고 계단을 내려왔다

투신

한 번은 새가 되고 싶었겠지
웃음소리처럼 떠오르다 사라지는 영원이 그리웠겠지
개의 등에 솟아난 날개
고양이의 입술에 젖어 있는 언어가
당장 눈앞에 펼쳐진다면 그게 꿈일까
구름에 매달린 너와 나의 절망이 만나는 자리에
연약하게 피어난 떡잎 같은 위로
허공과 맞닿은 삶이 결국엔 날개였다면
그 얼마나 바람 같은 생이었겠어
납작 엎드린 용서 앞에서 떠오르는 노래는 피가 묻어
어디에도 미소 하나 없지만
아무래도 이번 생은 잘못된 것만 같아
산에서 내려온 멧돼지처럼 고꾸라질
너와 나는 우리가 되는
풍선 가득한 한숨의 흔적
봄날 가득하던 아지랑이의 꿈이여

무덤에서 울다

개의 혓바닥이 장화를 신고 걸어 다니는 아침이면
벌거벗은 여자가 구걸을 하는 내게 다가와 개구리의 언어로
사랑을 고백한다
거리에서 울리는 꽃들의 입술이 프라이팬에서 익어가는데
늙은 중이 삽자루를 들고 목을 맨 고양이의 얼굴로 나에게 인
사를 한다
구두에 묻어 있는 정액 한 방울에 침을 흘리는 개구리 눈동자
가 충혈돼 있고
음부가 드러난 채 수박을 먹는 암캐의 눈빛이 정겹다
아파트 창문마다 목각인형이 걸려 있고 목을 맨 빨래들이 햇
빛을 가리지만
그곳에서 피어나는 슬픔 없는 아이들의 웃음소리는 낯설기만
한데
내 이름에 구멍을 내고 숨어 있는 거대한 물고기 하나 깃대에
걸고 휘날리면 저 멀리 항구가 그대 이름 부르며 걸어 나온다
개의 눈동자가 군화를 신고 뛰어다니는 저녁이 오면
나는 은밀한 동굴에서 원숭이와 함께 식사를 하고
촛불 하나 밝히고 문자를 세운다
세워진 문자 아래에 누군가 흘린 핏방울이 내 손끝에 번지고
있음에 위로의 주문을 외기도 한다

이때 벌거벗은 여자와 늙은 중이 내게로 와 한 몸이 되고

내 몸이 언젠가는 아이들의 놀이터가 될 수도 있겠다며 새가
날아 오른다

기다렸다는 듯 뱀 한 마리 입속에서 기어나온다

대화

봄에 늙은 여자가 연애하고 가란다
돈 주고 사랑하는 법을 모르기에 이따 오겠다 했더니
후회하지 말란다

여름에 다방 레지는 웃으며 떡 다방에 대해 설명했다
자기는 그렇게 살고 싶지 않다고 했다
나는 키스방을 아냐고 했다
놀란 표정을 짓더니 또 오라 했다 웃지는 않았다

가을에 윤동주의 서시를 걸어두고 나를 맞이하던 창녀를 본
적이 있다
시를 좋아하냐고 물을 수 없었다
이십 년도 지난 얘기지만 정말 꿈같았다 그 순간만큼은 아름
다웠다

겨울에 아내는 내 자지를 새라고 했다
창녀는 금새라고 했다
베트남 말인 줄 알았는데 역시 시인의 아내는 다른가 보다
새가 없으면 하늘도 없다

의미에 대하여
— 세월호 참사에 부쳐

꼴에 시인이라고
눈물 하나 나오지 않는 한숨에 밤이 깊어간다
속병은 고약으로 못 고친다고
이건 나라도 아니라는데
요지경 같은 세상
백지 위에 떨리는 정신이 기가 막히다
자음과 모음이 모여 의미를 만들고
그것들이 모여 세상을 이룬다지만
내 가난한 언어는 포말처럼 흩어질 뿐
어디서부터 시가 되려는지
고집 센 아이처럼 불통이 되고 만다
남의 염병이 제 고뿔만 못하다고
대학살 이후 서정시는 끝났다는데
망할 놈의 세상 그래도
달은 떠 있어
담배 하나 다시 피워 물고
주인 없는 망망대해 떠돌던 언어 하나
그 환한 빛이 길 떠나는 마음이라며
밤 깊도록 끙끙거리는데
그래도 시는 안 되고

부서지는 그 마음도 사랑이라며
바다 앞에 두고 돌이 된 어미 심정으로
자본과 우상이 지배하는 어둠의 깊이를 더듬고 싶었을 뿐
뒤집힌 배 안에서 살아남은 자처럼
손끝에 힘을 주고 언어의 의미를 되새기고 싶었을 뿐

이전, 이후

망해가는 나라에서는 모든 게 허망하다
모두들 그저 바라보기만 할 뿐
의미의 날갯짓은 허공을 향하고
침묵의 눈빛마저 절망을 외면한다
꽃이 피어도 음란하고
노래가 들려도 심란하다
되는 것도 안 되는 것도 없는 이 나라는 나라도 아니라지만
언어는 뜻이 없고 의미는 소통마저 어렵지만
모두들 자신의 사랑을 두려워하며 서로의 믿음을 걱정한다
망해가는 이 나라는 이제 이상할 것도 하나 없다
돈이 되지 않으면
종교마저 사라질까 두려워
바다를 향한 나비 하나 허공에서 사라지고
흔들리는 꽃잎은 바람 속으로 흩어진다
백지처럼 망해버린 이 나라는 기억하고 행동하는 양심이 희
망이지만
구원은 예기치 않은 곳에서 오고
그렇게 새가 되어 떠나고 있다
새가 되지 않으려 몸부림치고 있다
정신의 황홀한 숲은 사라지고

텅 비어버린 이 나라는 모래바람 거세지만
하늘의 별을 닮은 이름들이 있어
누군가 홀로 찬란한 씨를 뿌리며 새벽을 기다리니
이 밤도 이 나라에서는 망해버린 지 오래이다

장날

팥 서 말 팔러 어머니와 장호원 장에 갔습니다. 한 말에 3만에서 4천 원 준다기에 그냥 왔습니다. 어제는 막내 딸 아이가 장난감 사달라고 하도 조르기에 큰 맘 먹고 사줬습니다. 10만 원이 조금 넘었지요. 아버지가 얼마냐고 하도 묻기에 딸들에게 방안으로 들어가 놀라고 했습니다. 머리 허연 아버지 어머니 밥상 위에 신문지 깔고 메주콩, 검은콩 나누시고 작은 돌멩이 고르시고 아이들은 엄마 기다리며 멋진 집과 배를 만들다 잠들었습니다. 5천 원으로 순대 한 접시에 선지국물을 두 그릇이나 먹었으니 넉넉한 하루였습니다.

뿔

생각이 뿔이 된다면 말도 필요 없겠다
말 한마디 고르려 애쓸 필요 없겠다
물 한 모금 바람 한 줄기에
갈라지고 또 갈라져 신념으로 푸르른 나무처럼
뿌리마저 깊어지겠다

내가 가진 언어가 뿔이 된다면
씹고 또 씹어
말이 만든 역사를 뒤집어 침묵으로 텅 비운
하늘마저 담을 수 있는 그런 눈도 가질 것 같다

허나 나는 개뿔도 없이
이러지도 저러지도 못하고 여기까지 왔다
모든 혁명은 언어의 피에서 시작한다는데
이 밤 백지 위에 놓인 뿔 껍데기에서
피 한 방울 찾으려 자꾸만 속을 들여다보았다

시

닭 모가지를 따면서 아내는 주문처럼 베트남 말을 했다
다시는 짐승으로 태어나지 말라는 뜻이란다
칼을 쥔 손이 입을 열게 하고
날개를 잡은 손이 되묻고 있다
감각은 그렇게 응축되고 결정화된다

4부

분신

그의 몸에서 일제히 새들이 날아올랐다 숲이 흔들리고 바람
마저 불었다 열기를 가득 담은 그의 입에서 붉은 열매 같은 몇
개의 단어가 나왔지만 바람소리와 크게 다르지 않았다 타오르
는 손바닥에 담을 수 없었다

외마디가 뼈를 녹이고 정신이 피부를 핥는 순간에도 노래는
계속해서 연기가 됐다 눈동자는 허공이 되고 입술은 바싹 마른
사막이 됐다 불타는 머릿속 지켜내야 할 정신은 검은 피로 기
름에 섞여 흘러내렸다 끝내 그의 몸은 고행하는 정신을 배신하
지 않았다 새처럼 날아가고 있었다

갈라진 혓바닥으로
엉긴 단어와 흐트러진
사고의 미로 속에서
재가 될
날개를 퍼덕이면서

하늘은 맑았고 대지는 적당히 건조했다 몇 개의 문장은 단순
했고 삶의 허물도 크지 않아 다행이었다

시간마저 그를 도와주었다

매춘

그는 새가 되고 싶다 마음껏 날고 싶다 순간이라도 좋을 것 같았다 날개 없는 몸에 욕망의 깃털을 달아주면 하늘을 훨훨 날 것도 같았다 그렇게 눈으로 귀로 혀끝으로 정신의 열대림 속을 헤매며 살았지만

그는 벌레다 생활의 잎사귀를 갉아먹는 외로운 벌레다 주름 진 몸으로 사력을 다해 나아가지만 좀처럼 이곳을 벗어나지 못 한다 운수 좋은 날이면 푸르른 잎맥에서 저를 닮은 거울 하나 발견하기도 하지만 그것도 잠시 숭숭 구멍 뚫린 내면에서 바람 을 통해 바라본 하늘은

허공을 향해
허공 속으로
텅 빈
달을 가르는
새 하나 날아가고 있었다

본능은 거침이 없고 쾌감은 지극히 변태적이었다 짧은 건 언 제나 시간이지만 돈으로 살 수 있는 세상의 품목은 헤아릴 수 없어 다행이었다

양심마저 그를 도와주었다

고문

온몸이 뒤틀리면서 문장 하나가 이루어졌다 감각이 어깨를 들썩이고 눈동자의 윤곽을 변하게 하는 동안 그의 생각은 물고기처럼 저만치 앞서갔다 손가락이 허공을 가리키고 손바닥이 비명을 휘저으며 그의 언어는 구름을 닮아갔지만 누구도 바람의 근원을 말하지 않았다

단어 하나에 머리가 흔들리고 자신의 눈으로 진실을 보여줬지만 그조차 새의 날갯짓이라 여기지 않았다 가시를 닮아가는 자신의 입에서 진실이 말라가는 걸 느끼지 못했다 육체는 고정된 틀에서 단단히 굳어갔지만 그것이 언어의 꿈이라는 걸 느낄 여유도 없었다

소리 따라 변하는 얼굴에
물고기 떼를 쫓아가는 새들의 울음처럼
그렇게 몸이 헤엄치는 동안
그의 언어는
의미가 되어 흘러내리고

주위는 소란스러웠고 공간은 적당히 어두웠다 몇 개의 질문은 우스웠고 고통을 느끼던 몸이 운명을 받아들이는 시간은 차

라리 무감각해 다행이었다 차라리 인간이기 싫었다

의식마저 그를 도와주었다

담화

그의 입에서 굳어진 단어가 쏟아지면 계곡은 어느새 얼어붙었다 기차가 멈추고 기온마저 낮았다 냉기를 가득 담은 그의 언어는 간혹 푸른 사과 같은 의미도 비췄지만 분홍립스틱과 크게 다르지 않았다 수사가 요란했지만 들어줄 귀가 병들어 있었다

녹슨 단어가 심장을 겨누고 벌레가 잎사귀를 능멸하는 순간에도 정치는 오래된 심리전임을 그는 알고 있었다 두 눈은 우상을 보고 의식은 분단을 못 벗어날 때 부정선거는 문제되지 않았다 그의 단순한 머릿속 버려진 양심은 힘찬 그의 언어가 되었다 거침없이 허공을 향하여 바닥을 향하여 흘러내렸다 끝내 그의 정신은 바람과 새를 잡아야 한다는 열망에 불타며 구름 잡는 말뿐이었지만 필요한 건 가식 한 방울이었다

고정된 헤어스타일에
단단한 언어와 획일화된
사고의 퍼즐 속에서
뻥 뚫릴
관념을 끄덕이면서

분위기는 좋았고 조명은 적당히 밝았다 몇 개의 문장은 온순

했고 삶의 비밀도 거의 드러나 자신 있었다

공포마저 그를 도와주었다

광인

그의 내면은 경계가 지워져 있었다 완전을 꿈꾸며 입술은 단단했고 귀는 열려 있었다 그의 파도치는 언어들이 그의 정신일 거라 누구도 의심치 않았다 바다는 온전히 그의 품 안에 있었다

혼신의 노력도 없이 단어를 고르고 벅찬 환희로 문장을 이룩했지만 그의 노래는 너무 높아 알아듣기 쉽지 않았다 침묵과 천둥을 동반한 그의 내면은 뜨겁게 얼어붙었다 꿈은 높았지만 병든 육체는 깊고 어두웠다 백지 위에 손 그림자 계속해서 춤을 추고 있었다

현실 위로
단어에 숨겨진 의미를 들어올리는
내면과 마주하는 순간
그의 피 묻은 얼굴이
물고기 눈동자에 비치고

바다는 언제든지 열려 있었고 파도가 되지 않으면 백지마저 사라졌다 타락한 꽃잎과 요염한 눈빛이 허공에서 만나고 오래된 유곽만이 오롯이 그의 이상을 지켜주고 있었다

바람마저 그를 도와주었다

표절

그는 눈이 밝다 게다가 세공사처럼 기술이 좋다 빛나는 상품을 만들 자신도 넘쳤다 불안이 없진 않았지만 들켜도 우길 배짱이 있었다 무엇보다 시간의 힘을 잘 알고 있었다

기둥에 칠을 하고 창과 문을 갈아 끼웠다 지붕은 하늘을 삼으려 했으나 열린 공간에서는 언제나 시비가 있어 촘촘히 단어와 문장을 엮어 물 한 방울 새지 않게 했다 물론 고행도 없다 문패를 달고 대문을 여니 사람들이 모여 든다 환하게 빛난다

개 짖는 소리에 달마저 기운 밤
나는 누구인가
그를 닮은 거울 하나
구슬피 울고
숨어서 울고

모르는 척 쏟아지는 찬사와 감동 속에서 환한 웃음을 짓고 숫자가 된 문자를 어루만지며 또 다시 유곽을 찾아 헤매는데 언젠가는 발등을 찍고 싶었는데 오래전 꿈인지

금간 거울마저 그에게 미소를 보냈다

자살

그의 귀에서 소리가 들릴 때마다 생각은 그물처럼 퍼져나갔다 단어가 된 새와 물고기가 된 숫자가 허공을 닮아가는 그의 눈에서 정신없이 퍼덕였다 이성은 철조망처럼 누군가를 기다렸지만 남겨진 희망은 짙은 안개 속 희미한 빛으로 사라져갔다

그의 몸은 그의 것이 아니었다 손끝의 감각이 공포로 변하고 수많은 얼굴들의 속삭임이 사라지고 흩어졌다 두 귀를 막고 절규하는 그의 내면은 완전히 타인의 목소리에 잠식되었다 날개 꺾인 단어와 비늘 같은 숫자들이 그가 남기고 갈 마지막 흔적일 줄 몰랐다 가쁘게 헐떡이는 아가미 속 시간이 까맣게 타들어갔다

심장을 갈구하는 새의 눈빛과
호흡을 고뇌하는 물고기의 만남이
수면 위에서
빛과 그늘 사이에서
요동치듯 이루어지고

장소는 적당했고 남겨질 사연은 짧을수록 좋았다 사고의 깊이도 삶의 크기에 비례해 어울려보였다

사랑마저 그를 도와주었다

전화

전화를 받지 않는다 툭 끊는다 모멸감에 화가 치민다 지워버린다 망각의 강에 꽃잎 하나 띄운다 잘 가라 시발놈아

날이 가고 달이 가고 봄날도 아닌데 꽃잎 하나 찾는다 언어를 믿으십니까 나를 닮은 그대에게 안녕을 묻고 기억의 강에서 나무 하나 베어 껴안고 가면 어디든 갈 것이다 안 그렇습니까 선생님

귀를 활짝 열고
잘 고른 단어와
정리된 사고의 체계 속에서
녹아버릴
혓바닥을 출렁이면서

신호음은 경쾌했고 용건은 간략했다 몇 개의 단어는 어설펐지만 시원한 마무리로 애정을 드러내니 만족스러웠다

병든 후회마저 나를 도와주었다

단식

 그의 신념은 푸르다 깊은 생각으로 몸의 뿌리를 지배하고 있다 시간이 흐를수록 세상의 바람이 궁금하지만 벽을 덮으려는 담쟁이의 욕망처럼 곡기를 끊음이 망치보다 강하다는 걸 그는 알고 있다 힘차게 가지를 뻗어 올리고 있다

 구멍 난 잎사귀와 혀의 습관이 그의 의지를 괴롭혔지만 그는 굳어가는 몸으로 모험을 감행했다 세상의 벽은 정신으로 이루어진 사막임을 그도 알고 있었다 물과 소금만으로 몸의 반란을 결코 진압할 수 없음을 헤아리면서 한 걸음씩 내디뎠다

 강력한 문장으로
 이루어진 침묵이
 허공에
 붉은 의미 하나
 스미게 하고

 허기가 경련을 일으키고 체온이 떨어지면서 그는 마침내 식물의 언어를 가지게 되었다 그에 대한 험담도 사실이 아니어 다행이었다 지지자들의 격려도 힘이 되었다 그는 점점 날아가고 있었다

새들의 무관심이 그를 도와주었다

예술

그는 생각의 무덤을 가지고 있다 언어의 제단을 쌓아 제 몸을 닮은 무덤을 만들고 있다 오래전 풍속처럼 바람을 부르고 문장들을 태울 준비를 하고 있다 매장만이 능사가 아니란 듯 바다도 유심히 바라보다 돌아서곤 했다 새들도 그를 지켜보았다

오래된 유적이 떠오르곤 했다 빛나는 문자와 환상 사이로 강렬한 빛이 몸을 데우곤 했다 광기처럼 착란처럼 이치에 어긋난 생각들이 그를 괴롭혔지만 그 속에서 삶의 희열을 느끼기도 했다 그럴 때면 무덤은 스스로 흐르고 있었다

반역을 꿈꾸는 불온한 사상이
열기가 되어
하늘로
치솟아 오르고
거대한 회오리바람을 일으키고

사랑은 웅장했고 운명도 예정돼 있었다 영혼을 닮은 문자와 빛깔이 있어 다행이었다 열정이 거대한 힘이 되었다

무명에 대한 순응마저 그를 도와주었다

학살

노래하고 춤을 추었다 혹시나 불안했지만 공포가 전염될까 누군가는 구명조끼도 양보하였다 언어의 달콤한 유혹에 수백의 어린 영혼들은 사과 하나 따내지 못했다 날카로운 시간에 배가 기울며 의식은 중심의 괴로움에 시달렸지만

기다림은 스마트폰에 무늬를 새겼다 붉은 노래에 검은 춤사위가 텅 빈 머리에 스며들었다 헬리콥터는 보이는데 유리창은 깨지지 않았고 객실과 선실 사이에는 자본과 우상이 어지럽게 출렁거렸다 누군가는 악을 쓰고 누군가는 짐승처럼 울부짖었다 손톱이 빠지도록 팔 다리가 빠지도록 몸부림 속에서 혓바닥이 빠지도록 눈알이 빠지도록 찾았다 사랑을

해는 달을 먹고
바람은 구름을 잡았다
무지개 떠 있는 하늘
누군가 급하게 대못을 박는다
환하게 빛난다

전쟁 같은 일상에 누군가는 그날의 남쪽을 떠올렸다 또 누군가는 피를 토하듯 격문을 썼지만 하늘은 맑았고 따뜻한 바람에

꽃은 피었다 아무도 책임지지 않았고 누구도 죽은 자들을 미워
하지 않았다 의미 없었던

　살려달라는 그 말만 사방 천지 떠돌고 있었다

5부

한 줄의 욕망

창살 없는 달의 가슴에 새겨진 수많은 피 흘리는 욕망이라는 이름

뭉겨진 뱀의 머리에 비치는 붉은 고뇌와 텅 빈 꿈

깡통 속에 가득 찬 푸르른 무덤의 시간

무덤에 담겨 있는 먹다 남은 문장의 참혹한 흔적

전단지 핥는 개들의 기나긴 구원의 행렬과 그들의 몸이 가리키는 폐허

살을 다 바른 물고기의 육체, 그 너머에 보이는 단단한 허공

사창가에 매달린 연등의 당당한 깨달음, 그 밑에 늘어선 병든 물고기들의 환한 웃음

걸인의 손바닥 위에 동전 하나, 그 뜨거운 시간의 형상

고양이의 갈라진 눈빛, 그 속에 비치는 여인의 벌거벗은 웃음

소리들

언어에 헐떡이는 새들의 몸짓, 그 문장과 단어 사이에 피어난 꽃 한 송이

동상을 바라보며 사탕 먹는 아이의 동그란 미소가 만든 평화

창녀의 음부에 넣어둔 탕아의 단단한 욕망과 주름진 시간

파도의 광란에 새겨진 바람의 무게와 사랑의 깊이

문장에 새겨진 벌레 먹는 물고기들의 조용한 권태

동전에 녹아 있는 생의 단단함을 어루만지는 노파의 환한 미소

벽 속의 무덤, 그 안에 거울, 그 안에 보일 듯 말 듯 울음 하나

상처에 가득 찬 은빛 비늘의 텅 빈 말씀과 어항이 있는 병실

시장바닥을 헤매는 걸인의 노래, 그 의미심장한 바람의 눈빛들

해변을 걷는 늘씬한 미녀들의 그 아슬아슬한 치부 속 밤 안개

노승의 헤진 승복 속 발기한 사랑, 햇빛 하나 걸리고

비에 젖은 세금고지서와 마른 화분 두어 개 놓인 텅 빈 감옥

청첩장에 묻어 있는 모래 몇 톨의 냄새와 음란한 상상들

장례식장에 가득 찬 침묵을 먹고사는 허기진 구두의 하늘 같은 입술

법당에 걸려 있는 처참한 몰골의 사랑 시 하나와 두고 온 화대

아이들이 먹고 있는 고래밥, 그 텅 빈 생이 보여준 진실들

시 한 편에 매겨진 사랑을 향한 구원의 등급, 그 텅 빈 바람의 무게

스커트에 묻어 있는 기다림, 파도는 오고 남은 검은 뼈 하나

정든 유곽에 가득 찬 사랑의 언약들, 기다림이 가져다준 문장 하나

침대에 떠 있는 피 흘리는 여인의 발바닥을 닮은 구두 한 짝

뱃속에 가득 찬 가난을 비운 물고기의 휘어진 등뼈 그 찬란한 욕망

비늘마다 가득 찬 미소를 벗겨내는 비구니의 기다란 한숨

고양이의 꿈에 잠 못 이루는 생쥐들, 그 치명적인 밤의 깊이

벌거벗은 여인이 손짓하는 쇼윈도의 빛, 그 매혹적인 시 하나

군인의 소매를 잡아끄는 늙은 창녀의 주름진 노래에 묻어 있는 가난한 어둠

손을 뻗는 여자아이의 붉은 손톱, 그 밑에 떨고 있는 붉은 시 하나

가방을 맨 여학생의 허연 허벅지에 부딪치는 바람이 전해주는 불길한 예감들

남겨진 어둠에서 고양이와 물고기가 서로를 용서하고 위로하는 밤

단역배우로 노래하는 귀뚜라미의 희망, 그 단순한 배경

구더기로 꿈꾸는 육체, 그 안에 깃든 언어, 바람이 된 노래

배꼽에 가득 찬 먼지의 상처, 그 안에 깃든 꿈과 사랑

단어 한 방울로 만드는 오르가즘 그 언어의 광활한 색계

여자의 그곳을 더듬는 치한이 향하는 생의 종착역, 그 병든 언어들

좌판에 놓인 주름진 시간을 응시하는 노인의 메마른 입술

입 속에 가득한 바람에 잘려진 언어의 두툼한 귀

신문지에 덮여진 뿌리의 욕망에 젖어든 푸른 물방울 하나

박수 속에 사라진 파리의 황홀한 생

얼굴을 때리는 모기의 꿈과 욕망 그 손의 역사

입술에 감춘 어둠의 깊이, 그 단단한 언어의 춤과 노래

붉은 언어로 풀어 낸 거미가 만든 어둠의 집

잠자리 날개에 비치는 투명한 사랑의 언어

시간이 고인 탁자 위에 헐떡이는 물고기와 빈 접시 그리고 버려진 백지들

바다에 잠긴 이름을 불러보는 어미 새들의 힘겨운 눈빛

돼지를 가득 실은 트럭과 장의차 행렬이 만들어낸 웅장한 침묵의 하모니

눈 없는 자화상과 금 간 찻잔 하나 그리고 버려진 시

대형마트에 가득한 혁명에 관한 신상품 그 허전한 이데올로기

아파트 화단에 떨어진 피 묻은 깃털 하나에 묻어 있는 노래

춤추는 여인의 정신을 지탱하는 가냘픈 하이힐

오래된 냉장고의 고단한 식욕과 성취욕

수음하는 사내의 손에 걸린 뜨거운 시간이 만들어낸 시체들

칼 가는 언어의 등에 꽂힌 시퍼런 시간 그 매혹적인 웃음소리

벌거벗은 여자의 치부를 향하는 동전 하나와 단단한 사랑의
무기

로또를 사는 사내의 눈빛에 걸린 검은 숫자와 하얀 여백 그
꿈의 무게

새들의 언어와 물고기의 침묵이 만들어낸 벌레 한 마리 그리
고 구멍 난 허공

몸과 언어 사이에서 불타오르는 붉은 이슬 한 방울

고양이의 지독한 허기를 달래는 밤의 은유

빨랫줄에 널린 속옷과 양말이 전해주는 찬란한 빛

미끼 문 목숨 하나 집어 삼킨 허공

감옥에서 수행하는 잘 익은 권태가 만들어낸 침묵

잘 익은 침묵에 떠오른 부처의 손바닥 그 밑에 플라스틱 바구
니

연못에 빠진 도끼를 품은 정신 나간 언어

무덤 앞에서 춤추는 정신 나간 물고기의 공포와 환희

회오리치는 정신의 경쾌한 안부인사 그리고 피모자이드 한 알

배고픈 문장들의 대지에 관한 반역과 저항

복권을 긁는 동전의 튼튼한 다리가 만들어낸 초현실주의

지갑 속 텅 빈 하늘을 닮은 아이의 벌거벗은 얼굴

허공을 향해 올라온 새싹 하나 그 무한한 가능성

병원을 가득 메운 불타는 허기와 텅 빈 단어들

카드 속 꿈틀대는 바람의 멍든 얼굴 그 질긴 뿌리

낮은 책에서 솟아오른 저항과 반역 그리고 뿌리의 노래

재떨이에 가득한 바람 지나간 흔적 그 타버린 구름 같은 열정

박제된 물고기와 바람이 된 뼈가 걸린 빼곡한 책장

달리는 버스에 그려진 헐떡이는 미소와 유혹 그 관능의 법칙,

자본

  공장에서 찍어낸 마네킹의 고독과 그 병든 눈동자가 바라본
세상

  들녘에 서 있는 허수아비를 닮은 가난한 정신들 그 쓸쓸함

  하늘에서 구르는 거인들이 쏘아올린 작은 공 그리고 끝나지
않는 구름의 축제

  하얀 티에 그려진 체 게바라의 입술이 만들어낸 절망의 붉은
시

  공주의 병든 언어를 파헤치는 벌거벗은 난장이들의 단단한
육봉과 음모

  떡 아니면 알코올, 늙은 다방 여자의 경쾌한 미소

  줄 담배 피우다 바라본 혁명 이후와 그 알 수 없는 허공의 깊
이

  손톱 밑에 박힌 전봉준의 죽창이 만들어낸 뼈아픈 절창들

  돌 위에 검은 새, 그 위에 초록 물고기, 그 위에 타다 만 나무,

그리고 떠 있는 바람 닮은 시

숟가락 위 텅 빈 언어의 환한 미소

백지에 가득한 님을 향한 영원한 침묵

화대 홍정 속에 드러난 낙원의 감춰진 얼굴

밥그릇에 담긴 구름의 구체적 형상 그 힘찬 언어들

파리채에 얹힌 생의 우연과 걷잡을 수 없는 바람 속 문장

팬티 속에 비치는 얼굴 없는 희망 그 힘찬 자본의 언약

침묵으로 굳어진 바람이 만든 구름의 벌레 먹은 자화상

이슬이 떠 있는 멍든 자화상 그리고 벌거벗은 여인들

화장터에 두고 온 사진 한 장과 노래 하나 그리고 연기가 된 웃음소리

사과 한 알에 비친 농부의 휘어진 등뼈

정신의 열대림 속을 가로지르는 거울 개구리, 구름 뱀, 바람

새 그리고 허공

돌탑에 얹힌 힘겨운 자유와 평등 그리고 한 맺힌 역사의 진혼
곡

시인의 얼굴을 닮은 어항의 진부한 평화와 희망

매혹적인 여인의 구두에 달라붙은 가벼운 참회

풍선에 가득한 명랑한 멜랑꼴리 그 상큼한 여인의 머릿결

고향에서 만드는 낙원에서 보낸 한철 그리고 감옥에 관한 짧
은 보고서

몸의 감옥에서 잃어버린 사랑의 증거 그리고 짧은 면회

정신의 유배지에서 보낸 즐거운 편지에 관한 짧은 답장

거울에서 바라본 천국을 닮은 지옥 그 보이지 않는 언어의 경
계

깨진 거울에서 건져 올린 아폴리네르의 피 묻은 깃털

붉은 서랍에 가득한 정신병자의 한숨 그리고 병인에 관한 진

술서

아스팔트에서 마주친 개구리와 뱀과 새와 고양이의 허공의
깊이와 넓이

병풍에서 쏟아지는 알 수없는 문자들 그 정신의 낙차

갈라진 벽 앞에 열린 언어의 단단한 문

주름진 이마에 보이는 무위의 언어와 바람이 전하는 말

빨랫줄에서 집어든 사소한 바람과 빛에 대한 사랑

동물원에서 잃어버린 절망에 관한 위대한 탐구 영역

텅 빈 극장에서 잃어버린 거울 한 조각과 철 지난 노래들

버스를 기다리는 낯선 언어가 만들어낸 리듬 타는 생의 소리
들

역전에서 마주친 벌거벗은 언어에 관한 집착의 눈빛

식칼에 새겨진 부드러운 혀가 들려주는 신비한 하모니, 시

무당의 발바닥에 찍힌 초현실주의 그 생의 화려한 노래

치마 속 얼핏 보이는 자본의 얼굴과 텅 빈 벽

입안에서 춤추는 폭력과 광기가 만들어낸 힘찬 침묵

발가락으로 눈물 닦는 폐허를 향한 끝없는 사랑

제단을 밝히는 초라한 언어 하나 그리고 힘찬 날갯짓

절망 없는 시가 만들어낸 사랑의 기적

붉은 바다와 검은 하늘이 빚어낸 허공의 힘, 사랑

야동 속 혁명의 열기와 조각난 거울이 만든 폐허의 공포, 춤

립스틱에 남겨진 새의 선물 그리고 날개에 대한 그리움

절망 너머의 무덤에 관한 소문 그리고 깨진 안경 하나, 거울

앨범 속 힘찬 실루엣, 그 추억의 힘, 허공을 향한 갈망과 빛

옷장에 가득한 우리들의 음화 그리고 생의 무기들

날아가는 새와 가라앉은 동전이 만들어낸 백지의 무게

백지를 떠도는 새와 물고기의 똑같은 정신

속옷에 묻어 있는 뜨거운 노래, 그 텅 빈 욕망

치부를 가득 메운 붉은 단어들이 만든 찢어진 깃발, 시

매춘이 만든 텅 빈 허공과 그 속에서 나온 새로운 변태

경쾌한 이마트 노래에 길을 잃은 아이가 만들어낸 미로

예술의 전당에 걸린 걸인의 물고기와 창녀의 새

걸인이 만든 단단한 침묵 위 붉은 이슬 하나, 그 시 하나의 무게

정신의 감옥을 뚫고 나온 갈라진 언어가 만든 푸르른 잎

잃어버린 퍼즐 속 역사의 전망 그리고 감춰둔 희망

반성 없는 풀이 보여주는 정신의 경이로움과 변함없는 희망, 바람

꽉 채워진 색즉시공 그 찬란한 허공이 만든 육체, 시

똥이 된 물고기의 동그란 입이 만들어낸 가쁜 호흡들

잠든 아이의 볼에 비친 초현실적인 꿈 한 조각

불에 탄 물고기와 가시가 된 시 그리고 남겨진 정신의 칼날

반성하는 모자가 쏟아낸 뜨거운 꿈에 관한 진술서, 시

별이 된 이름들이 피워낸 허공을 가득채운 불꽃들

검버섯에 피어난 반성 하나 욕망 두어 개 그리고 비어가는 얼
굴

배고픈 시인이 빚어낸 허공을 향한 진주 목걸이

매음녀로 가득 찬 거리를 떠도는 바지 입은 물고기들

뿔이 된 모가지와 노래가 된 날개 그리고 기다란 침묵의 님

시장에서 사 들고 온 간신히 바람을 닮은 언어들

무덤을 파헤치고 건져 올린 단단하고 푸르른 뼈 하나

정신의 아가미에 붉게 물든 태양을 품은 언어 그리고 호흡,
시

스타킹에 담긴 하늘을 품은 빛바랜 구두 한 짝

거울에 비치는 뱀의 초라한 면류관이 만든 아우라

이름 하나 집어삼킨 바다의 당찬 절규

젖은 무덤에서 발견한 구더기들의 힘찬 행진

허공을 떠도는 의자의 오래된 기다림에 대한 자세

빈 수레에 가득한 생에 관한 텅 빈 보고서

모자에 덮여진 부러진 가위의 치마를 향한 경쾌한 노래

스캔들이 돼버린 늙은 가수의 꿈과 노래

어미의 음부에 비친 풍선 속 세상 그리고 허공을 향한 필사적
인 오체투지, 시

반성 없는 냉장고와 곰팡이 핀 시간이 만든 내용 없는 시

어미의 등을 어루만지던 거친 사내의 무모한 귀향

양심 없는 권력이 날개 피고 간음하는 바람의 무대, 시

텅 빈 나무의 바람을 향한 환한 침묵 그 빛나는 여백

무대 위 쏟아지는 빛에 관한 찬사 그 쓸쓸한 배경이 되는 노
래

나뭇잎이 만든 사랑의 여정과 바람을 견디는 힘에 관한 고찰

언어를 애무하는 고양이의 거친 숨결 그리고 매혹적인 관능,
시

눈먼 의사와 곰팡이 핀 언어의 병실

꽃병에서 피어난 잘 익은 문장을 닮은 새의 깃털

바위에 박힌 나무의 역사에 대한 위험한 저항

다섯 개의 푸른 얼굴이 달린 수음하는 손이 솟구치던 허공

무의식이 만들어낸 구름을 닮은 언어의 황홀한 숲

재봉틀을 기다리던 가위의 오래된 무덤

공중화장실에서 만난 자유와 해방 그리고 민주주의

길이 된 손이 만든 그 하늘 같은 높이와 깊이 그리고 절벽

가객이 토해낸 파란 구름 한 조각이 초라한 똥이 되는 생활의
발견

달력을 갉아먹는 벌레가 된 사내의 침묵

먼지가 된 노래가 들려주는 빛과 어둠의 화음

구멍 난 우산이 만들어낸 고아들 그리고 요란한 자선바자회

병원에서 마주친 낯선 사랑에 기울어진 달

미로에서 만난 바다를 향한 모험들 그리고 언약할 수 없는 귀
환

벼락 맞은 나무에서 피어난 기적 같은 푸른 얼굴들, 열매

여인의 눈동자에 피어난 이국의 풍경과 낙원의 모습들, 빛

첫눈에서 흘러나오는 혁명의 기억에 관한 오래된 진실

벌거벗은 여인들이 만난 왕자의 거침없는 성욕 그리고 한 편
의 관능적인 시

구두 잡은 여인과 머리 감싼 스님이 보여주는 절절한 내면의
풍경들

여자의 머리에서 흐르는 눈송이들 그 환한 시의 열기

벌거벗은 혁명이 몸부림치던 꿈, 오월 해방 광주

생의 이면에서 간신히 찾아낸 신을 닮은 구두 한 켤레

단단한 몸에 박힌 구름을 닮은 언어의 참혹한 시체들

금간 거울에서 바라본 사랑에 관한 녹슨 맹세

불에 탄 노트가 만들어낸 흔적이라는 몸의 폐허

손님을 기다리는 어린 여자의 가녀린 어깨 위로 내려앉은 버
들잎 하나

꼬리에 매달려 춤추는 경쾌한 언어들, 개의 숨겨진 욕망 한 조각

파리의 발에 달라붙은 끈적끈적한 일상 혹은 인간적인 풍경들

포주가 전해주는 생에 관한 욕망의 보고서 그리고 시의 역사

모기의 날갯짓에서 비치는 무당의 경쾌한 몸짓 혹은 언어들

반딧불이 하나가 보여주는 신의 눈빛과 어둠의 무대

쥐를 물고 가는 고양이가 들려주는 경쾌한 오월의 노래

우연히 차에 태운 여자의 허벅지에 새겨진 희미한 언어의 운명

믿음이 보여주는 아름다운 지옥의 풍경

힘찬 구호를 외치는 시인이 눈빛, 그리고 화려한 언어의 오르가즘

여자의 구두에서 비치는 먼지에 대한 깊은 고뇌

혁명가들이 찾아 헤맨 밤의 궁전들 혹은 텅 빈 몸의 감옥

나물 몇 가지 앞에 놓고 잠든 노파의 고단한 희망

몸 파는 어린 여자가 보여주던 리듬 하나, 비명 하나, 침묵 하나

바람 모자를 파는 여인이 전해준 빛깔 하나와 구멍 뚫린 욕망

노인의 거친 손바닥에서 들려오는 시의 비밀

수도승이 머물던 자리에 남은 숟가락 하나와 가난한 똥

시가 되지 못한 정신에 절망하던 푸르른 단어들이 모인 한적한 기차역

수술실에서 들려오는 장엄한 임을 위한 행진곡

집 떠난 개들이 떠돌던 언어의 해변과 매혹적인 여인들

불에 탄 얼굴을 더듬던 시인의 꿈과 노래 그리고 남겨진 환한 상처

언어의 전선에 줄지어 앉은 까마귀들이 만들어낸 허공의 깊

이

예술을 먹다 버린 까치의 고단한 잠

벼락 치듯 타버린 한 줄기 욕망

단단한 벽이 만든 바람의 길 그 새로운 시작

낯선 문자를 들고 길을 나서면 거울 속에서 슬피 우는 벌거벗은 여인들

새의 눈에 비친 투명한 가난과 부리에 묻어난 고단한 생의 흔적

소통 없는 독재자의 립스틱에 묻어 있는 개들의 황홀한 예감

야윈 소등에 피어난 버짐을 긁는 노인의 갈라진 손등

뒤돌아선 여인의 등 뒤에서 떨어지는 붉은 상처의 꽃송이들

매혹적인 여인의 속옷에 비치는 붉은 아가의 환한 노래, 시

홍등 아래 모여든 시인들과 노래하는 창녀의 꿈같은 하모니, 그 황홀한 허공을 닮은 숲

붉은 입술에서 나오는 가로등 켜진 치명적인 언어들, 시

요지경 속에서 건져 올린 산모의 환한 미소

창녀의 입술 위에 얹힌 빛나는 침묵, 그 위에 울려 퍼진 생의 무게, 시

공포를 모르는 아이와 꿈이 없는 노인이 껴안은 한적한 대합실

심장에 숨어든 사랑, 그 속에 비치는 텅 빈 의심 하나

목욕탕에서 마주치는 연극 같은 생, 그 절벽에서 띄우는 꽃무늬 팬티 같은 엽서 한 장

침묵의 포크와 달변의 숟가락이 짝을 이룬 생의 테이블, 그 불온한 노래들

음부를 활짝 연 여인의 미소에 눈 감고 돌진 하는 새의 절규

농담 섞인 대화 속에서 몰래 떠오른 침묵의 일출 그 찬란한 빛, 시

밤의 침묵을 녹여버리는 새벽의 거친 욕정, 시

닫힌 입과 감긴 눈 사이에 숨 쉬는 꿈의 통로, 그 여유로운 선율, 시

돈이 전부인 세상에 몸을 던진 어린 창녀의 환한 미소

주전자에서 끓어 넘치는 고단한 시인의 혼란스런 침묵

배 드러내고 떠오른 물고기들, 구름 빵 한 조각 닮은 정신 나간 노래들

생을 가득 실은 트럭을 뒤따르는 아이들이 만들어가는 절벽으로의 무모한 돌진

거미의 등에 부풀어 오른 둥근 은유와 끈끈한 초현실주의

침몰한 국가와 영결식에서 울리는 장엄한 미사, 그리고 허공을 향한 새들의 꿈

예정된 몰락과 무너진 꿈 사이에 떠오르는 갓난아기의 첫 울음, 인간의 언어, 시

사랑의 맹세에 잘려진 손가락을 주워 담는 걸인의 희미한 노

트, 피 흘리는 언어들

  동안거에 들어간 탁발승 닮은 선풍기의 용맹스런 침묵과 예정된 고뇌

  켜켜이 쌓인 간이의자들의 진지한 생의 대화, 그 중심의 괴로움

  가로등에 잘려나간 고양이의 밤과 부엉이의 노래들, 그 환한 새로운 시작

  피 묻은 광장에서 노래하는 눈먼 자들의 당당한 몸짓

  총 맞은 영혼에 흘러내리던 붉은 시 한 줄 그리고 기나긴 권태

  햇살 좋은 날 곡소리에 고개 끄덕이던 나뭇잎 하나

  깊고 푸른 밤 거울에서 흘러나오던 머리 없는 날개 달린 꿈 하나

  날개 잃은 뱀이 바라보던 노래 가득한 하늘

  나무 위에 불꽃처럼 떠오른 새들의 장엄한 비상, 침묵

불타는 단어 속에서 간신히 건져 올린 단풍잎 하나, 사랑

문장 한 줄에서 서로를 바라보는 귀뚜라미와 개구리의 희미한 사랑

화분 속에 가득하던 뿌리의 환한 침묵

허리 굽은 여인이 보따리 이고 떠난 구름 가득한 바다

갓 부화한 어린 새들의 막막한 기다림 그 안에 떠오른 꿈의 경계

총구에서 헐떡이는 금붕어들의 노래와 물방울 하나 그리고 시

칼끝에 매달린 귀뚜라미의 서늘한 바람과 내 몸이 만들어낸 계절들

목 졸려 죽은 개들이 토해낸 하늘을 향한 사랑의 불타는 몸짓들

도로 위를 달리는 닭장에서 휘날린 허공을 향한 꿈의 증거

금속 틀 안에 갇힌 돼지들의 사랑과 자유 그리고 알 수 없는 존재의 증거

우편함에 가득한 녹슨 사연들 그 속에 비친 바람의 얼굴

개장에 남겨진 허공의 노래 그 속에 놓인 찌그러진 냄비 두어 개

북 안에 가득한 허공의 무게 혹은 사랑의 깊이

피리 소리에 춤추는 뱀의 자유를 향한 몸짓

과녁을 뚫은 화살이 만든 몇 방울의 시 그 떨림

혁명 이후를 관통하는 소녀들의 해맑은 웃음소리와 단풍잎 하나

착란의 경계에서 위태롭게 흔들리던 단풍잎 하나

파도치는 뱀의 머리에서 갈라져 나온 두 갈래의 노래들

무대 뒤편에 남겨진 어릿광대의 과거와 미래 그리고 떠나간 여인들

들판에 얹힌 반짝이는 관념을 응시하는 새의 애절한 눈빛과 허수아비들

입속의 검은 잎에 숨겨진 바다를 향한 사무치는 그리움 그리고 광기

이상의 날개에서 묻어 나온 매혹적인 문장들 혹은 치명적인 단어들

깃발에서 휘날리는 무의미로 가득 찬 바다의 얼굴 그리고 공포와 환희

해변에서 마주 친 검은 비닐봉지의 고독한 꿈의 흔적들

제 이름 피워 올리며 흔들리던 새, 그 위에 맑은 햇살 한 조각

거울을 갉아먹는 애벌레의 지독한 허기와 권태, 그 눈 없는 자화상

구두 사이로 언뜻 본 허공의 변태적인 얼굴

거울에 내려앉은 모기의 절망이 만들어낸 흔적, 그 지워진 시

억만 개의 문장으로 이루어진 푸른 밤의 빛나는 눈빛들

바다로 떠난 호랑나비가 꿈의 여정에 만든 무늬

광맥을 찾는 시인의 빛바랜 한숨이 만들어낸 숨통

물고기를 해부하던 늙은 시인의 파도치는 눈빛, 그 위에 절벽

자위하던 백지에 묻어난 고양이의 눈빛과 시의 향기

스타킹 뒤집어쓴 다리로 보이는 사내의 고독한 노래

안개 속에서 들려오던 여인들의 미소가 묻어 있는 오래된 팬티

돌을 품은 새와 비를 기다리는 우산이 만난 푸르른 정신병원의 정오

발가벗고 뛰어다니던 목발 짚은 고양이 뭉크와 고흐의 자화상

장님의 사랑과 벙어리의 노래가 울려 퍼지던 웅장한 오월 혁명 광주

깃발 든 소년의 눈빛에 고이던 붉은 새들의 역사

혁명, 겨울이 빚어낸 강철 무지개의 노래 혹은 단어 하나로 그대로 시가 된 별자리 하나

도야지 한 마리 잠 못 자고 생각하니 꿈속에 쥐구멍이 보이더라 곱게 화장하고 핏발 선 고양이에게 들창코를 내밀다

소귀에 바람이요 말 등에 허공이라 개나 소나 불나면 달 아난다 그 공포가 빛이더라 눈 멀고 귀 닫은 자는 풍문으로 알리라

달의 크기가 의미를 만들고 새는 정신으로 날아오른다

두레박에 넘치는 우물의 꿈

자선냄비 앞에서 머뭇거리는 아이의 깊은 고뇌와 토끼 굴 앞에 솥단지 건 포수의 요란한 꿈

말 한마디에 천 냥 빚 갚으려면 빤스 내려야 한다 거대한 침묵 앞에 질문하는 자는 늘 취해야 산다

99도에서 100도 걸리는 혁명의 시간은 배부른 고양이 하품하는 시간

뿌리를 뽑으니 흙이 뒤집어지네 해와 달이 그곳을 보듬어 환하게 웃네

우물이 너무 작아 한 바가지에 담을 수 없네 손인 줄 알았는데 기어가니 발이네 나누어 먹고 아껴 쓰니 구름 한 조각 거대한 빵이 되었네

새 없는 하늘에 떨어지는 깃털 하나 그걸 알고 몸 흔드는 늙은 나무들의 환한 미소와 바람 한 줄기

고양이가 안경을 쓰면 개와 돼지가 거울을 본다 불립문자인 줄 알았는데 자세히 보니 마음만 오롯이 그림자를 만들었다

고양이가 안경 쓰고 책을 읽으니 그걸 알고 어린 쥐들이 벽을 갉더라 그 길이 열리니 제일 먼저 한 톨의 빛이 들어오더라

모든 돈에는 주인이 있다 하늘이 새들의 주인이듯이

하루 하루가 역사라고 고양이가 말하니 용서보다 더 큰 죄가 어디 있냐며 쥐들이 웃더라

죽기보다 힘든 세상 그저 한낮의 꿈이라고 떠오르는 달

뱀의 지혜를 가진 호랑이가 앞장서니 해와 달이 비추고 돼지

와 여우들이 함정에 빠져 역사의 오름에 우뚝 서다

토끼가 모자 쓰면 귀가 보이고 여우가 꼬리 감추면 엉덩이가
커지니 쥐가 그걸 알아 거울 보면 앞니만 보고 돼지가 코를 손
인줄 알고 웃더라

소 등에 까치 한 마리 지켜보는 고양이들 그리고 갑자기 열려
진 길 위에 길 그 안에 깃든 열명길

비루먹은 말이 수레를 가볍게 하고 절 떠난 불상은 오래 가진
놈이 주인이다

돌아와 보니 머리에 눈 내리고 턱밑에 서리 내렸네 꿈같은 시
절 다 가고 멍하니 먼 산 바라보니 하늘엔 구름은 없고 새 하나
훨훨 날아만 가네

바람에게 물어보면 버리라하고 손님이 오니 더없이 초라하다
그래도 산다는 것이 어디냐고 길을 나서니 꽃 하나 피어 더없
이 반갑네

안경 낀 여우가 시를 들고 유곽만 전전하니 붉은 돼지가 악령
이라고 날개를 달고 굿판 벌이다

여우 한 마리 문득 깨달아 해골 물 마시니 세상이 온통 굴 같

아 목소리 높이고 꼬리 감춘 채 길을 나서다

안경 낀 여우들이 나팔 불고 떠나는 돼지들의 마지막 소풍 지켜보는 아이의 깊은 고뇌와 환희

돼지 머리를 가득 채운 거울 속 들창코 그 안에 소중히 숨긴 낡아빠진 새 정치

새장에 던져진 엽서를 해독하는 앵무새의 창공을 향한 꿈 그리고 언어

세뱃돈 움켜쥐고 잠든 아이의 꿈같은 희망

금 수저 든 돼지들이 법당에서 굿판 벌이는 요란한 꿈

시인 김남주 그리고 $1+1=2=1$ 그리고 언어의 주인=권력

꿈같은 혁명 $1-1=0$ $0+0=0$ $1+0=1$ $0-1=0$ $1=0$ $1+1=2$ $2=0$ 그리고 사랑

$1/0=0$ $1/n=n$ $1×n=n$ $1×0=0$ $n=0$ 그리고 먼지가 된 돈

태초에 빛이 있으니 그걸 보고 눈 먼 자가 입을 열더라 그 빛이 무서워 사람들은 빛은 보지 않고 암흑 속에서 그를 우러러

신이라 부르니 눈으로 보고 귀로 들어도 뜻을 알지 못해 서로의 입을 죽이려 피를 묻히니 나중 사람들에게 그것이 역사가 되리라 구름 한 점 없는 새벽녘 강추위에 어린 고양이가 눈 간신히 눈 뜨고 젖을 찾고 있어라

시의 모양과 시라는 주제

박수연

조인선의 이번 시집은 전체가 하나의 기획물인 것으로 여겨진다. 일반적인 시 한 편 한 편이 개별적이고 불연속적인 존재라는 점에서 보면 그 사실이야말로 눈여겨볼 만한 사항이다. '시'라는 단어를 제목으로 가진 작품이 시집의 각 부에 배치되어 있고, 4부는 모두 동일한 형식을 가진 시편들이며, 5부는 동일한 문장 형식의 장시이다. 이 동일 형식들에 차이가 따르는 것은 당연하지만, '차이의 반복'이라는 철학적 개념어로 분석해 볼 만한 것은 아니다. 그 개념어가 차이를 강조한다면 조인선의 시에서는 오히려 동일성이 부각된다. 가령, 모두 다섯 편 수록된 「시」라는 시는 이미 제목 때문에 '동일성'을 전제한 상태에서의 개별성을 실현하고 있는 것이다. 독자들은 전체적인 차이보다 제목의 동일성에 더 우선적인 반응을 보일 수밖에 없다. 시의 제목과 형식, 문장구조의 동일성이나 유사성이 인식되고 그다음에 개별 작품들의 차이가 비로소 분석되는 것이다. 이 동일성을 그의 이번 시집의 특징이라고 할 수 있을까? 그렇다면 조인선의 이번 시집은 각각의 시편들이 동일해지려는 노력 속에서 매번 독창적인 것을 향해 움직이는 사태의 결과라고도 할 수 있다.

시가 독창적이어야 한다는 말은 상식이지만 그 독창성이 실현되는 방법은 상식적이지 않다. '독창적 시'를 요구하는 일 자체는 이미 일반화된 것인데 반해 제대로 된 시는 언제나 일반화된 상식을 벗어나기 때문이다. 전자의 요구가 시론으로 구성된다면, 창작은 시론과의 싸움 속에서 이루어지는 것이다. 자신만의 시를 쓰는 데 있어서 모든 시인들이 겪는 어려움은 이 상식과 비상식이 서로 겹치고 어긋나는 사태와도 관련될 것이다. 시적 언어 구성 방식을 새롭게 하면서 소통의 지평을 넓히려는 것도 마찬가지이다. 조인선도 상식에 근거해서 비상식을 겹쳐 놓는다. 가령, '시'라는 제목의 시가 시집의 이곳저곳에 배치되어 있다는 것은 이미 '시' 자체에 대한 여러 생각이 서로 경합 중이어서 그 '시에 대한 시'가 일반적 상식의 결론으로 이어지기는 어려운 언어구성이라는 사실을 암시한다. 각각 5행씩으로 된 채 그 언어적 난점을 환기하면서 읽힐 시편들은 모두 어떤 상황이나 존재가 발생하거나 새겨지는 사태를 진술한다. 이 시편들은 시를 직접 지시하지 않는다. 시편들은 모두 상황적 이미지들에 대한 묘사이다. 그런데도 제목이 '시'이기 때문에 독자들은 모든 상상력을 시적 언어구성과 연관시켜서 펼쳐보게 될 것이다. 이 경우 시는 세상의 모든 존재와 사건들의 비유로서 기능한다. 비유이기 때문에 모든 것을 불러올 수 있다면, 그것은 비유로서 모든 독창성을 환기한다는 말이기도 하다. 이 시편들이 독창적인 것은 시가 무엇인가를 직접 지시하지 않으면서 일반적으로 시의 구성 근거를 환기한다는 점에 있을 것이다.

독창성을 추구하는 일이 조인선에게만 나타난다고 할 수는 없다. 어쨌든 시인들은 모두 자신만의 시를 쓰려고 하는 법이다. 이런 경우에는 차라리 비독창적인 시를 역설적인 독창성으로 골라내는 편이 더 의미 있는 일일지도 모른다. 독자들의 한 눈에 포착되어버리는 비독창성이란 결국은, 만일 그것이 가능하기만 하다면, 원본의 복사본과도 같은 것이어서 금세 기시감을 불러오는 언어와 연관될 것이기 때문이다. 가령, 동일한 제목의 시, 동일한 형식의 시, 동일한 문장구조의 시와 같은 것들이 그것이다. 그것이야말로 동일해지려는 노력으로 독창성에 도달하는 것들이다.

그러므로 독창성이 비상식과 연관되리라는 말은 비독창성 또한 상식을 넘어서기 위한 노력일 수도 있다는 점과 같은 많은 의미들을 삭제한 이후에야 인정 가능한 것이기도 하다. 독자들은 시를 읽으면서 직관적 감각으로 시의 언어가 건네는 특별한 기운과 마주한다. 어쩌면 시를 읽는 데 가장 중요할 수도 있는 그 기운을 체계화하는 것이 시론이지만, 그것의 근거 중 하나가 직관적 감각이라는 사실은 새삼 강조되어야 마땅하다. 이것은 예술적 언어 거의 모두가 해당되는 것이어서 조인선의 경우도 마찬가지이다. 그의 시의 독창성은 오히려 다른 데 있는데, 그것을 말해보기 전에 그의 시편들이 펼쳐 보이는 감각들의 인상적 장면들을 여기에 정리해두는 일이 필요하겠다.

첫째, 베트남 여성과 결혼해 사는 사람의 개인적 장면이 있다. 이것은 특별한 소재이기는 해도 독창적인 인식을 보여주는 것은 아니다. 「청춘」이나 「대화」처럼 때로는 지나치게 심상하고 개인의 육체적인 문제이기도 해서 많은 사람들에게 공통적이기도 할 그것이 특별하게 다루어질 경우 오히려 이상할 장면들이 있다. 「청춘」은 1980년대의 흐름 속에서 사회 혁명을 뜨겁게 외쳤을 세대인 시인이 이제는 폐인처럼 시를 쓰고 소를 키우다 베트남 여성과 결혼할 때의 정서 상태를 전달한다. "마흔이 가까워/아내를 만나기 전 배운 베트남 첫 말은/안녕이었다"는 구절이 그것이다. 여기에는 베트남 혁명의 열기도 반독재 민주화의 함성도 없다. 단지 '안녕'이라는 인사말만이 있는데, '베트남'이 상징하던 지난 시대의 의미에 대비되어 이 '안녕'이라는 인사는 정치적이고 역사적인 삶의 의미를 사소하고 개인적인 의미로 제한하고 있을 뿐이다. 이 장면에서는 그러나 거대 담론 이면에 있는 소박함을 주목해야 한다. 실제로 조인선은 그의 특별한 삶을 일상적 평범함으로 바꿔놓는 언어적 요령을 이미 터득하고 있는 것으로 보인다. 그 사적이고 은밀한 일상들이 시의 꼴을 입게 되는 여러 사례는, 일상의 은폐된 면모를 불현듯 드러내는 폭로의 언어와는 무관한 것이다. 오히려 조인선의 언어는 세상의 모든 삶에 동등한 존재론적 지위를 가져다주는 시적 환기이다. 시인이 경험하는 결혼의 사례를 빌려 그런 언어 사용의 의미를 찾는다면, 그는 한국 남성들의 초국적 결혼을 특별한 의미부여 없이 언어화함으로써 진정한 의미에서 일상적으로 심상하게 실현되어야 하는 인륜을 묘사하고 있는 셈이다.

　둘째, 자본주의의 영토를 살아가는 사람의 고통이 여과 없이 드러나는 사회적 장면이 있다. 「돈을 보다」 같은 작품은 "모든 혁명은 실패하고" "돈이 추구하는 이상향"에 대해 말한다. 시는 그 현실의 피치 못할 아이러니를 포함하고 있다.

> 모든 혁명은 실패하고
> 꿈은 어디로 가시려는지
> 한참을 들여다보는데
> 여백을 가득 채운 희미한 사랑을 끝내 나는 읽지 못한다
> 천지를 가득 메운 언어의 피를 듣지 못한다
> 손끝에 묻어나는 신음 한 조각만이
> 온전히 보이고 들릴 뿐
> 두 손 감싸 쥔
> 새벽이 보여주는 무표정한 윤곽에
> 형체를 확인하느라 애쓸 뿐이었다.
>
> ─「돈을 보다」 부분

패배한 역사와 그 역사의 도달점이 "역사를 이루는 사막"이라는 인식은 이 현실을 불모의 영역으로 규정하는 태도에서 비롯될 터이다. 교환가치의 불모성에 대한 인식이 지난 연대에 혁명을 외치게 했지만 지금 그것은 자본의 현실이 이끄는 알 수 없는 정처를 앞에 두고 있다.("시간의 힘은 어디서 오기에 여기까지 왔을까"). 시인은 끝내 알 수 없는 세계의 "형체를 확인하느라 애쓸 뿐" 아무 것도 할 수 없는 존재이다. 「돈을 보다」와 같은 시는 그러므로 이 세계를 살아가는 시인에게는 삶의 진정성

이라는 의미와는 동떨어진 사실로서 삭막한 현실 자체일 것이다. 세상은 움직이고 있는데 그 실체를 알 수 없을 때 아이러니가 나온다면, 이 현실을 오히려 '안녕'이라는 말로 조용히 묘사하는 것은 운명적 아이러니의 지친 표현일 수도 있다.

베트남과의 만남이 '안녕'이라는 단어 하나로 처리되는 상황은 혁명의 패배를 인식하면서 그 이후를 살아가는 사람들에게는 아주 의미심장한 것이다. 그 '안녕'은 무의미한 만남에 대한 가면의 언어일 수도 있고, 한때 이상이었던 존재에게 이 끔찍한 현실에서 안녕한가를 묻는 언어일 수도 있다. 아픈 말이지만, 둘 다 그 이상향의 현재적 무의미성을 환기한다. 그것은 시인이 그 시적 대상들에게서 의미를 찾지 못하고 그것들에게 의미를 부여하지도 못한다는 사실을 가리킬 것이다. 베트남은 조인선 시의 첫째 장면들에서 지적해두었듯이 다만 가장 즉물적인 육체의 만남으로 다가오는 것이다.

이렇게 이상향과 연결되는 경계 너머 저 세계의 의미를 찾아볼 수 없는 현실에서 시인은 다만 물질적 만남을 반복한다. 그의 시의 세 번째 장면은 이미지 제시로 완성되는 시편들이다. 알다시피 이미지의 언어는 사물 자체의 존재 위치를 부각시키기는 하지만, 그것의 의미가 애매한 상태에 놓여 있는 언어이다. 현대시의 이미지화가 의미의 불확정성과 관련되기도 한다는 점을 주목하기로 하자. 이미지의 언어는 그런 의미에서 사물 언어라고도 할 수 있다. 조인선에게서 이미지의 언어는 「묵화」와 같은 시에서 전면적이다.

죽산 칠장사

　　법당은 닫혀 있고

　　감나무마다 얼어붙은 수많은 감들 너머

　　새들이 옹기종기 모여 있었다

　　검은 개 한 마리 밥그릇 앞에 놓고

　　웅크리고 있었다

—「묵화」 전문

　시인의 시선에 포착된 대상들은 한 폭의 수묵화와 같다. 시적이든 주관적이든 그 대상들에 대한 의미 부여가 적극적이지 않다는 점에 대해서는 누구나 동의할 수 있는 시이다. 법당과 감, 새, 개가 묘사의 대상인데, 이것들이 한데 놓임으로써 생성될 분위기를 제외한다면, 시적 의도와 같은 것이 적극적으로 드러나지 않는 것이다. 이 때문에, 이 사물들의 결합이 만들어내는 의미란 독자들의 주관적 상상에 의한 것이기 마련이고, 따라서 그 사물의 아련한 저편에서 어른거리는 미지의 의미만이 있을 뿐이다. 이런 사태가 시인에게는 적극적으로 세계에 개입할 수 없는 상황이거나 하지 않으려는 마음의 표현이라면, 지금 한국 시의 한 모습으로서 이와 어떤 방식으로든 연결되어 있을 환유적 경향의 대부분의 시는 그 가능과 불가능의 경계선을 넘나드는 언어라고 할 수 있겠다. 조인선도 마찬가지여서, 「묵화」와 같은 사물 언어를 한 편의 끝에 두고 더 많은 시들은 어떤 의미의 긴장을 위해 만들어진다. 실패한 삶 혹은 그 실패의 기원으로서의 열정적 삶을 일상의 심드렁한 분위기로 전향시켜버린 시편들과 함께 실패의 아픈 현실을 그는 전혀 잊지 않고 있는 것이다. 실은 그 기억의 고통을 이어가고 있기 때문에 어떤 사람들은 바로 시인이기도 한 것이다.

이상향이 숨어버린 현실 속에서 시인이 할 수 있는 일은 그러므로 이 세계에서 도대체 시란 무엇인가라는 질문일지도 모르겠다. 시인이 있는 한 세계와 시에 대한 그 질문이 지속적으로 제기될 수밖에 없다. 그 질문의 형식 중에서 '시'란 무엇인가라는 질문 혹은 '시'는 무슨 일을 하는가라는 질문이 조인선의 이번 시집의 주제라는 점은 시인의 관심이 '시'를 향해 전면화되어 있다는 사실을 통해 드러난다. 이번 시집에서 많은 시들이 시 혹은 언어의 문제를 때로는 시의 주제로 때로는 주제를 보충하는 구절로 제기한다는 점도 마찬가지이다.

우선 '시'를 이야기하는 시가 있다. 「시」라는 제목의 다섯 편의 시가 그것이다. 이 작품들은 직접적으로 '시란 무엇인가'를 묻고 답하지는 않지만, '시'에 대한 시편들이 될 수밖에 없다. 제목을 '시'라고 달아두는 순간 그 시는 어쩔 수 없이 시를 주제로 삼는 것이 되고, 그 환기력 때문에 시집에 함께 수록된 모든 시는 시에 대한 자의식의 표현이 된다. 조인선의 이번 시집이 더 독특한 이유는 그 자의식적 '시'가 거의 전면적으로 배치되어 있다는 데 있다. 요컨대 시인은 시에 대한 시를 쓰기 위해 이 시편들의 창작기간을 버텨온 셈이다.

'시'를 제목으로 삼는 작품들은 시에 대한 시인의 자기 인식을 전면에 노출시킬 밖에 없다. 자기 인식의 시를 여러 번 시집의 여기저기에 뿌려놓음으로써 조인선은 시집 전체에 어떤 변

형된 내용과 언어를 모아놓는 것이다. 그렇지만 그것이 '시'에 대한 것이기 때문에, 그리고 그것이 시집의 각 장소에 할당되어 있는 것이기 때문에, 시인은 제목을 통해 동일성을 주장하고 시 구절을 통해 차이성을 드러낸다고 할 수 있다. 동일성과 차이성을 동시에 다루는 이 기묘한 언어 작업은 세 가지 방식으로 이루어져 있다.

우선, 시의 각 부에 있는 「시」라는 제목의 시이다. 제목은 동일하고, 이미지 대상들은 다르며, 제목의 동일성 때문에 시의 주제를 함께 묶는 듯 풀어놓는 이 시편들은 각각 개별적인 의미화 중심으로서의 이미지 대상들을 가지고 있다. 앞에서부터 "구리나팔" "호리병" "물고기" "바람" "닭모가지"가 그것이다. 시적 자유가 허용된다는 점에서 독자들은 다른 이미지 대상을 중심에 놓을 수도 있다. 어느 경우든 제목이 이미 동일하기 때문에 중요한 것은 그 다른 대상들 속에서 어떻게 '시'를 끄집어낼 수 있는가이다. 앞에서 우리는 시의 감각적 직관에 대해 말해두었는데, 이와 관련해서 마지막 시를 주목할 만하다.

닭모가지를 따면서 아내는 주문처럼 베트남 말을 했다
다시는 짐승으로 태어나지 말라는 뜻이란다
칼을 쥔 손이 입을 열게 하고
날개를 잡은 손이 되묻고 있다
감각은 그렇게 응축되고 결정화된다

—「시」 전문

주문과 그 주문을 통한 변화의 염원, 그 언어와 움직임에 연관된 감각의 영역을 주목해야 한다. 시가 언어의 영혼을 싣고 있어서 세상의 변화를 도모하는 주문이기도 하다는 사실은 이미 시의 역사 자체와 함께하는 것이다. 세상을 향한 주술사의 주문이 시의 은유가 되고 리듬이 된 것이다. 지금 그것은 감각이라는 말로 집약되는데, 따라서 위 「시」는 감각의 응축과 결정을 통해 탄생하는, "칼을 쥔 손"과 같이 살아 있는 대상과 대결하면서 그 대상에 축복을 죽음을 선고하는 작업을 진행한다. 그것이 축복인 것은 지금 이 세상의 비극을 다시 경험하지 말라는 뜻이고 축복의 죽음인 것은 오직 죽음과도 같은 비약을 통해서만 세상의 모든 존재들은 다른 것이 될 수 있다는 뜻이다.

　그런데, 응축되고 결정화된다는 말은 그 모든 새로움을 위한 죽음과도 같은 비약의 운동이 어떤 고정된 형식을 통해 드러난다는 뜻이기도 하다. 4부의 시편들은 그 형식의 고정성을 통해 다시 한 번 '시란 무엇인가'를 묻는 작업이다. 「매춘」이라는 제목의 시 한 편을 제외하면 모두 시와 언어, 단어, 문장이라는 말을 사용하고 있는 이 동일형식의 시편들은 위에서 언급한 「시」라는 제목의 시편들을 내용상으로 '차이화—확산'시키되 형식상으로 '동일화-귀속'시키는 역할을 맡는다. 이로써 4부는 내용과 형식이 시 자체를 향한 질문을 확산과 귀속의 방식으로 제기한다.

　시집의 5부로 배치된 장시 「한 줄의 욕망」은 단일한 문장 형식으로 탐구되어 시로 집결된 여러 사물들의 시이다. 시는 명사형 종결의 시행들로 되어 있고, 따라서 시는 대상들의 고정적 형태나 내용을 부각시킨다. 이 시적 대상들이 연속적으로 나열됨으로써 「한 줄의 욕망」은 현대적 삶의 환유적 파노라마를 전개하는 것이다. 이때 시적 대상들 사이의 관계와 차이가 중요하게 부각되는데, 이는 명사적 대상들이 동사적 움직임과 달리 자기 자신의 상태 그 자체를 주장하기 때문이다. 그런데 실은 시집에 수록된 시편들 전체가 바로 자기 자신들을 완결된 것 자체로서 주장하는 것이기도 하다. 그리고 시 한 편 한 편이 완결체를 지향한다면, '시'라는 시편들은 그 완결성으로서 각각의 사이에 가로놓인 차이를 보여주는 것이다. 시에 대한 시들은 시에 대한 관념이 현실 속에서 실현될 때의 차이를 반복하는 시들이다. 중요한 사실은 그 차이가 '시'라는 이념을 환기한다는 점이다. 조인선에게서 '차이'만을 읽어서는 안 되는 이유가 여기에 있다.

  앞에서 말했듯이 조인선의 시집은 '시란 무엇인가'를 보여주기 위한 하나의 기획으로 만들어진 것이다. 그것이 이번 시집의 주제를 이룬다고 할 수 있다. 이 주제는 그러나 내용에 의해 규정되는 주제가 아니다. 그 시적 주제는 언어들의 형식에 의해 이루어지는 것이다. 그것은 내용을 파악하기 이전에 이미 전달되는 형식에 의해 분류된다. 시에 대한 이 집요한 진술은, 이것이 시이기 때문에, 시가 어떻게 존재할 수 있는가라는 질문이 없이는, 보다 직접적으로 말하면 형식에 대한 관심이 없이는 이루어질 수 없다. 물론 모든 시가 언어 형식을 고려하지 않고는 만들어질 수 없다는 점에서 시인들은 형식론자이지만, 거의 모든 시가 '시'에 대한 '시'를 전면화하지는 않는다는 점에서, 많은 시인들이 오직 정서 하나 잘 표현하기 위한 소극적 시론을 가지고 있다는 점에서, 그에 비교해볼 때 감각의 응축과 결정을 시에 대한 형식론으로 바꾸어놓을 줄 아는 조인선은 특별한 형식론자이다. 한국 문학은 시적 자의식을 비로소 형식으로 만들 줄 아는 아주 특별한 시인 한 명을 가지게 된 셈이다.